明天，你也許會迎來世界的毀滅。明天，你也許會在天堂，在全世界的每個城市冒煙的上空中放聲歌唱。但是今夜，我只願意成為一個人，一個沒有國家和姓名的人，一個我所尊敬的，因為他是一名與你們沒有任何共同語言的人。今夜，我只為我的存在而活。

——亨利·米勒《黑色春天》

我是一片希望被人崇拜的廁紙

杜朋鴦 著

自 序

　　下面的這幾行字都曾經以英文的形式在我之前自費出版的英文詩集中出現過。

　　我在此重複這幾句話是因為我覺得有必要重複。

　　所以聽好了：

　　「這是一本不適合兒童和傻逼看的書。

　　　不要讓你身邊的未成年人看到這本書。

　　　如果他們不小心看到了，請不要揍他們。

　　　不要讓你保守的父母看到這本書。

　　　如果他們不小心看到了，不要停止和他們交流。

　　　還有，我想說的是，

　　　我之所以寫詩，只是因為我可以寫。

　　　你也可以寫。

　　　沒準夠嗆。　」

　　　　　　　　　　　　2018年4月24日

感謝新澤西學院的米家路教授將我的拙作介紹給秀威這麼優秀的出版機構。沒有他的支持，我的第一本中文詩集不知道何時才能面世。我還要感謝我的家人和朋友，感謝他們能夠容忍和支持我這麼一個「怪人」。最後我要感謝那些讓我隨便摸頭髮的姑娘們，沒有這些秀髮給我帶來的靈感，這本書將薄得像一張廁紙。

我是一片希望被人崇拜的廁紙

目 次

我是一片希望被人崇拜的廁紙

第三輯　　我是一片希望被人崇拜的廁紙

我是一片希望被人崇拜的廁紙

第四輯　你需要爬上一棵很高的樹，才能成為一朵花

我是一片希望被人崇拜的廁紙

第六輯　我不能在離去前忘記撫摸那隻貓

我是一片希望被人崇拜的廁紙

第一輯

你 有沒有 嚐過 蘑菇 的 味道？

重返李小龍墓

你用無限擊中了我
使我的身體越來越沉重
沉到了地下
埋進了你旁邊的墳墓

不知過了多少年
我從地底下冒了出來
長成了一棵冬青樹

我就住在你對面
每天都聽你講你的英雄夢

有一天你問我
想不想當英雄
我說不想
我想當樹葉
最好是可以抽的那種

袋性主義
──獻給Eric Conrad

無限的空間

是他們唯一的食譜

他們用身體互相取暖

他們身上的暖流

據說可以發展成為一種文明

經過你的手

他們站立著

像是眾神復活

只是

如果我一不小心

看見愛從袋子中流出來

你會不會原諒我

兔形雀

麻雀是會醉的
尤其是會被酒杯灌醉

我將颱風製成酒杯
擁在懷裡
並讓它
乖得像隻兔

我是一片希望被人崇拜的廁紙

酒神之家

有躺椅
卻無篝火
窗戶常開
花草時敗
院子裡有樹和吊床

偶爾能在月光下
看到
些許貓痕

一首有點麻的詩

我在夢中

把一首詩紋到了肩上

一覺醒來

忘記了詩的內容

只覺得肩膀有點麻

比昨夜的詩

還麻

我是一片希望被人崇拜的廁紙

高級藝術

你和它之間的關係
和它本身的價值無關
當它在你身上
探索鮮花與雲朵之間關係的時候
每一刻
都是連時間都付不起的
奢侈品

它就像水一樣
比鑽石都像詩句

桌上有一把剪刀 但是我沒有看到
──受蔡藝芸的藝術作品影響而作

當我看到她的時候

她的每根頭髮上都繫了個魚鉤

我差點問她

要去釣何方

她也差點

就指著大海的方向

我們都沒有開口

她指了指自己的心口

我看到那裡有一張桌子

桌上有一把剪刀

她看到了

我卻沒有

如何選一隻貓

就像選一座山
或者是選一首詩
山不會聽你的話
詩更不會

沒有人知道它到底是霸王
還是美人
還是霸王懷裡的美人
還是美人眼裡的霸王
這些都不重要
重要的是

你的一切
就是它聞到的一切
而它的一切
你不僅聞不到
更是猜不到

漢堡禪

蹦跳的牛肉餅

在番茄和醃黃瓜的原野上

唱起了

那些只有老虎才唱過的歌謠

讀 William Stafford

一頭獅子

矗立在一片咖啡叢林前

安靜的

像一隻貓

第一輯　你有沒有嚐過蘑菇的味道？

夢中的愛滋病

肉浪湧起

交換著

彼此之間

儲存了許久的雨露

那幾張

霧一般的熟悉面孔

傳染著

那些和轉基因無關的

黑巫術

它浩瀚時

如蝦群過山

悄無聲息般的

沙沙作響

有時候

它離我們很近

比離醒來

還要近

失靈

在我右轉的時候
我差點與
意念中的卡車
相撞

幸好失靈的
不僅僅是
我手裡的方向盤
還有這全世界的停車場
全都向我湧來
沒有帶來一輛
不該來的車

綠色夢中

在我點燃那個蘋果之前
你對我
是好奇的

我打開窗戶讓你爬出去
你在臨走前
在我的指尖上咬了一小口
用我的血肉
轉化為
你下一次飛行的燃料

忘了告訴你
在你沒有飛回洛磯山之前
我輪胎上的雪
是綠色的

第一輯 你有沒有嚐過蘑菇的味道？

家庭電影

她發現

她可以從丈夫胸前的傷疤

看到他心裡的祕密

一天

她趁丈夫睡著之後

把眼睛湊到丈夫胸前

影片開始上演

開飛機的舒克

開坦克的貝塔

還有一些帶色兒的

當她看到

有兩個女人在她丈夫的胸腔裡

深情接吻的時候

她情不自禁的夾緊了自己的雙腿

生怕放走了

那條差點氾濫的河流

屍雲

天上有朵屍體做的雲
地上有個屍體做的你
你跟雲說你死了
雲跟你說它飛了

反高潮

一粒石子
錯過了
它在海邊的家庭聚會
它的缺席
造就了最完美的完美

沒有馬的騎手也是騎手
沒有閃耀的行星也是行星

這個世界有很多祕密
但都不取決於我
而我的存在
卻取決於雲

我是一片希望被人崇拜的廁紙

和鹿有關的故事

我開車的時候
會下意識的覺得
車後座有一頭鹿
不是老虎
或者狼
而是一頭鹿

鹿不會咬人
只會舔
而且會舔得很舒服

我依然習慣在
開高速的時候看後視鏡
直到有一天
我從一頭死鹿身上壓過去
驚出一身冷汗

這不是一頭
被我撞死的鹿
那些我撞死的鹿
會舔

我是一片希望被人崇拜的廁紙

你有沒有嚐過蘑菇的味道
——送給Amy Sage Webb

你問我有沒有嚐過蘑菇的味道

我說我當然嚐過

每個人都嚐過

有的人嚐完後快樂了

有的人嚐完後被毒死了

我嚐過很多種蘑菇

可是無論哪一種

都沒有

我在鄭州動物園裡

看到的公斑馬搞母毛驢

更令我感到可笑

這不

我就這麼一想

就又笑了

除了神祕之外的另一種神祕

對你身邊的一切事物

產生好奇

比如

最容易悲傷的是憤怒的火焰

影子在接吻

你我卻擦肩而過

如此神祕

讓我如此好奇

我是一片希望被人崇拜的廁紙

有關鯊魚的夢

很多年前我吃光了一碗粉條似的濃湯

是我吃過最貴的一頓飯

金子般的液體在我的腸胃裡

久久不捨得離去

就像鯊魚

從沒捨得過離開海洋

就像飛鳥

從來沒捨得離開過飛翔

時隔多年

這碗湯早已化為我的骨血

營養卻慘遭排泄

幻化入夢

碧浪晴空

在不遠的地方

查理辛在吸食巴布狄倫的骨灰

他告訴我

這比金子般的心

更珍貴

我站在水塘邊

看見我意淫的女孩

騎在一條鯊魚上面

翻轉

跳躍

它有黑色的頭顱

和金色的心

鯊魚躍出水面

向我撲來

咬斷了我的左臂

那個被我意淫過無數個夜晚的女孩

在天空中

惡狠狠的

告訴我

這就是想像的代價

報告文學

床在轉
你的頭髮會盯著我看
雲在走
來自草木的戲弄也在跟著走

我在床上躺著
用一顆老成的心向你報告
一種被猴子先發現的味道

不曾消失的群山

他是我的一個朋友

三十歲

我每天都會在酒吧遇見他

他會因為某天是他的第一任女友生日而傷心

他會因為想約的女孩回他信息回得慢了而傷心

他會因為桑德斯的選票比希拉蕊的少而傷心

他會因為雨下得太大而傷心

他會因為他的朋友沒有在第一時間去讀他推薦的書而傷心

我每次看見他也會傷心

但他又喜歡在我常去的地方出沒

我只好躲進山裡

睡在山裡

醉在山裡

有一天

我突然

在雲海中醒來
發現山卻消失了
我拍了拍手
山從遠處飛奔過來
汪汪汪

我的手裡沒有一根骨頭

穿著我的舊運動褲在琴房裡練琴

酒精讓琴譜變得沉重

我低頭看
褲子上
那斑斑點點的
是牙膏的痕跡

褲子上有個洞
如果閒人夠多的話
全世界都會知道
我腿毛的顏色

洞口傳來一首歌
比甲殼蟲樂隊的歌都好聽
我撫琴的手
頓時失去了想合奏的欲望

酒精讓琴譜變得沉重

印

一萬坪米的房間
並不足以讓行星
睡上一個懶覺

在狹小的範圍內
每一次的翻滾
都足以讓千萬生靈塗炭

我與你
在時空產生的誤會下面
心心相印

蹭
——送給Kim Adonizzo

來了一個機會
像人行道上的錢包一樣
逼著我去撿

我趴在圖書館的沙發上
燒了一盤火
撒了一點紅
蹭著並浪費著
你剩下的月光

我是一片希望被人崇拜的廁紙

黑咖啡布魯斯

在人類面前
我們用即時反應
擊敗了全知全能

匍匐在富人的地道下面
指引方向的
是遠古大象的假牙

果實烘烤出來的香味
和熱血的味道相似
這些本身就比革命
還要有趣

燒瓶與閃電

燒瓶中的閃電
是連上帝也沒有開過的玩笑
掛在指針上的月亮
為螞蟻們的革命之路
指引方向

再無聊的上帝
也不需要免費的燒瓶
一道閃電劃過
螞蟻們早已排好隊伍
立正稍息

我是一片希望被人崇拜的廁紙

有的時候，詩也會想起我

有的時候，詩也會想起我
會想起李二銀紀念館門前打鬧的孩子們
當一個瘦小的孩子被人欺負的時候
詩會悄悄的
在那個欺負人的孩子身上
黏上一塊口香糖

有的時候，詩也會想起我
會想起那些學游泳的孩子們
當一個孩子嗆水的時候
詩會悄悄的
扎爛
其他孩子們的充氣泳圈

有的時候，詩也會想起我
會想起那些被領導們灌醉的下屬
當一個爛醉的人去洗手間嘔吐的時候

詩會悄悄的
把他小時候背過的〈蜀道難〉
還給那位因飲酒去世的詩人

有的時候，詩也會想起我
會想起那些我曾經坐錯的公交車次
當我又一次坐上公交的時候
詩會悄悄的
把我的眼皮
吸到那個空著的座位上

有的時候，詩也會想起我
但是我想她的時候更多

這不公平

我是一片希望被人崇拜的廁紙

編按：「公交車」，即台灣的「公車」。

夜風

我看見自己在神的被窩裡
神脫掉了衣服
上了床
蓋上了被子
天就這樣呼的一下黑了

神今天多吃了半個烤紅薯
於是就多颳了幾場風
大風把帽子都颳跑了
我還緊緊的握著手中的麻辣雞脖子

注：此詩的最後兩句由施教日樂隊主唱，詩人農永所寫。

從鷺江道到理工學院再到獨木橋

愛的絕句從來不會被冷漠所絞殺
在青春期衝動的結果與無聊沒有任何關係
日月的果醬被羊和獅子帶到天上去分食
舞動的火焰比熟透的蘋果還要鮮豔

第二輯

在 **愛麗絲** 的 仙境 **中**
摸 **姑娘** 頭髮

在愛麗絲的仙境中摸姑娘頭髮

我想知道
雲的那一邊
和彩虹的這一邊
有什麼不同

有時候
事物的多面
還沒有多面的事物
更令人感到迷醉

也許迷醉就是宇宙的真理
也許上帝的兄弟只是多吃了幾個蛋
才被稱之為蛇
才被迫一生爬行

我順著我的手指尖
乘著你頭髮製成的滑梯

滑進那個傳說中的兔子洞
並感歎宇宙的爬行
原來也是飛行的一種

第二輯　在愛麗絲的仙境中摸姑娘頭髮

我想讓你的頭髮甜起來

你身披著蘋果樹

從我的詩前走過

我詩裡的果農

先用貓的速度

完成了澆水和施肥

又用豹的耐心

靜臥著

傾聽著

那只屬於黑色的神祕

我想讓你的頭髮甜起來

我是一片希望被人崇拜的廁紙

佩索阿

我第一次讀到佩索阿的時候
是讀的那本《阿爾伯特‧卡埃羅》
那是在城市之光書店
我邊讀書邊摸田淼的頭髮
並被書中的語句所震撼
導致我的手法逐漸沉重

後來我每次重讀這本書的時候
總能在書頁之間
聽到
那聲
嗷

Chelsea的頭髮

玻璃窗後面
的那本史詩
是需要我
在先用夢
建好我未來的雕像
還要在地球上
飛上幾圈之後
才能勉強理解的
永恆神祕

女巫

我打開手機

聞到了你頭髮的香味

我想

這也許

就是天氣變暖的緣故

第二輯　在愛麗絲的仙境中摸姑娘頭髮

在酒吧裡邊摸Cassie的頭髮，
邊讀Gary Snyder的*The Back Country*

不是因為我們今天沒有去郊遊

不是因為今天你在見我前剛洗完頭

不是因為你說我回你信息回得很差勁

不是因為我在回你信息的時候正在拿著手機看A片

而是因為這可愛的時間

竟然一不小心

讓這最後一個夏天

在我的手心裡

融化得比永恆

還要快

三十

也許是因為出生地離煤礦較近的緣故
我的真實身份
其實是沒有化作煤炭的恐龍
每當我被火藥所吸引
我都會用眼淚和奔跑來回應
儘管如此
我身上的詩性和我的恐龍屬性
並無太大的關係

到了今天為止
我已經當了三十年的肉食恐龍
我吃過的肉
比寫過的詩還要多
我偶爾也會被死亡所打動
但是更能感染我的卻是
漂亮姑娘們的頭髮中
那種樹木生長的味道

懷孕的肩膀

有這麼一個

比我還愛摸姑娘頭髮的小屁孩

借住在我的右肩膀裡面

一待就是三十年

我下週預約了一個理療師

一個讓我隨便摸頭髮的理療師

我會請她把這個小孩子從我的肩膀裡

擠出來

等他出來後

我該對他說什麼

他會對我說什麼

他要是想摸我的理療師的頭髮該怎麼辦

乾脆這樣吧

如果他說

啊哈

我就說

噢耶

我想摸她頭髮，但是不好意思爭取她的同意

像一隻剛剛完成環球旅行的猴子
站在金色的瀑布前
背著手
聞著水霧的味道
並想像
腦海中其實還有一隻手
這隻手
比槍還長
但是比膽量還小

荔枝心

她的頭髮
聞起來像荔枝
不是罐頭裡的那種
也不是樹上長得那種
仔細聞的話
可以聞見心的味道

你的心實在太好聞了
幸好只是荔枝味兒的
而不是人味兒的

我是一片希望被人崇拜的廁紙

我的書庭記憶

書庭是座落在布魯克林的一家書店
前些時間關門了
我的朋友Ed十幾年前在那裡工作過

在上次我去紐約前
Ed讓我有時間替他拜訪一下這家書店
我到了書店後
逢人便自我介紹是Ed的朋友
因為所有人都像是員工
沒人像是顧客
終於
一位長者告訴我
他認識Ed
他是店主

我們聊了一會兒
然後

我買了一本Patti Smith的新書

M Train

這書當時打七折

結帳的時候

我發現櫃檯前的女店員很漂亮

我沒有問她認不認識Ed

也沒有問她可以不可以讓我聞她頭髮

我是一片希望被人崇拜的廁紙

獨立日煙火與綠蜂俠

我摸著你的頭髮

坐在坡上

看著夜空中那

生澀的絢爛

並感歎這合法的

野蠻行徑

竟然和偶爾合法的綠蜂俠

效果近似

第二輯　在愛麗絲的仙境中摸姑娘頭髮

編按：「綠蜂俠」，台譯「青蜂俠」。

我沒有給你點讚的緣故只是因為我摸過了你的頭髮

　　我在很早的時候就已經明白
　　綠色並不是唯一自帶迷幻效果的顏色
　　迷幻的顏色和寂寞的顏色相差不多
　　只是我在習慣於划來划去的時候
　　想一些與仙境無緣的事情

我是一片希望被人崇拜的廁紙

我在腦海中摸她的頭髮並感覺到了飛行
（徘句十首）

1.

　　有個人

　　把一條金魚扔到了月球上

　　弄醒了太陽

2.

　　我的馬克杯上的顏色掉了

　　我想

　　這與老虎無關

3.

　　我沒有槍

　　但是我的輪胎上

　　有血跡

4.

這麼冷的天氣
窗戶是開著的
我頭腦裡的腿是閉著的

5.

雨停了
街上的狂野
到處都是

我是一片希望被人崇拜的廁紙

6.

今天是老兵節
我在想姥爺肚子上的疤
還有他做的紅燒肉

7.

對於很多人來講
太陽光加上放大鏡
就是一把槍

8.

有個癌症患者想上他的醫生
我想他應該會好起來的
我想

9.

在騎行路上
我看到月亮和太陽同時出現
我希望他們打一炮

10.

你對我說
你真逗
我希望你多說幾句

那個來自Chase County的女孩

如果你家裡有點佛香
請你用佛香向那個來自Chase County的女孩問好
她的頭髮散著佛光
她曾經是我的一個會小憩的夢

我不在乎她以後是否能記得我
我不在乎Chase County的草原上是否有野牛奔騰
我只在乎當我在摸其他女孩的頭髮時候
她頭髮中的佛光是否留在我手心

如果你家裡有點佛香
請你用佛香向那個來自Chase County的女孩問好
她的頭髮有Kansas的味道
她曾經是我的一個會小憩的夢

由口音引起的一次噴發
——送給劉寬

口音不是文化的使者

採耳才是

採耳時發出的聲音

與吃火鍋時吧唧嘴的聲音

大不相同

我誇讚了你的普通話

和你順滑的頭髮

你走後

我給我腦海裡的彩虹打了一個電話

讓它在你下一次洗頭的過程中

盡情的噴發

就像黑夜一樣

編按:「採耳」,掏耳朵、清潔耳垢之意。

蘋果

果實三三兩兩
滑向樹蔭廣場
有人聽見沙沙作響
有人看見萬物生長

你的秀髮是一部史詩
而我就是這部史詩裡的敗將

我

我是一個在遍體鱗傷之前欣然回家的人
我是一個剝削命運的人
我是一個在姑娘們的秀髮之中流光溢彩的人
我是一個在恐龍的糞便裡尋找玫瑰的人

我摘過一些蘋果
也撒過一些童言

我的姥爺也喜歡姑娘頭髮

我的姥爺也喜歡姑娘頭髮
他一生中只摸過一個姑娘頭髮
他為了自己的這點癖好
娶了一個不適合他的姑娘
痛苦了大半輩子

我也喜歡姑娘頭髮
和我姥爺不同的是
我已經摸了上千個姑娘頭髮
這些姑娘大部分都抽煙
頭髮裡多少都有股煙的味道

我的姥爺死於肺癌

無名傳奇

那首Neil Young的歌讓我想起了我的好朋友Eric Murphy

他曾經和Neil Young的前妻同台過

有一次，Eric在我面前興奮的提到這件事

但是我忘了他在說什麼

Eric在講的時候抽了很多大麻

我卻在想那些姑娘們漂亮的頭髮

我是一片希望被人崇拜的廁紙

第三輯

我是一片 希望被 人 崇拜的

廁紙

很重要的項鏈

我告訴她我很喜歡她的項鏈
她告訴我這是她丈夫做的
鋼面上鑲的是黃銅
我說這一看就是用心做的

第二天
她丈夫告訴我
聽說你問了我媳婦項鏈的事
我想告訴你的是
那上面鑲的不是黃銅
是金
24K的
他說這對他來講很重要
我說
我也這麼覺得

如何成為世界上最偉大的痛經預言家

首先

你需要學會猜

學會大膽的猜

學會不要臉的猜

然後

你需要學會總結

總結這些被你猜過的姑娘們

總結她們有哪些共同特徵

其次

你需要一點運氣

這些運氣會讓你少挨罵

或者少挨揍

最後

你需要學會祈禱

祈禱你的善意褻瀆

能夠被那些尖叫的血

所原諒

禪與腹瀉的藝術

我坐在馬桶上
就像是坐在冰山上的一棵蔥
我從那麼高的地方流下來
到那麼低的地方去
只想看看
那些食物中
藏著的
排山與倒海

地下室的白蟻

有時候

地下室的白蟻

所吸引的眼光

要遠遠多過

校園上空掠過的

那隻鷹

當然

我是說

如果有鷹掠過的話

吸詩器之死

他是一名人肉吸詩器

遊蕩在詩壇

遇到新發表的詩歌

就拿出評分表

然後脫下褲子

所有不合格的作品

全都被他吸進了屁眼裡

詩人們都怕他

不僅是壞詩人們

就連好詩人們

也怕他

畢竟大師也會打草稿的

終於有一天

這個人肉吸詩器

在一次事故中

惨死在街頭
只是因為
一位詩人
寫了一個
他喝醉了
把酒杯打爛的故事

那個操鯊魚的人

他赤身裸體
側臥在甲板上
他用雙腿夾著一條剛被他殺死的鯊魚
他把雞巴插進鯊魚的傷口裡
他讓別人為他拍照留念

我有好幾個朋友都在為他打工
他們替他賣了很多三明治
幫他掙了很多錢
就這樣
一個鯊魚的屈辱
被那幾百萬個三明治
給解釋清楚了

同情

朋友們
我之所以發明這種
不會破的廁紙
不是因為我想成為百萬富翁
而是因為
我不相信一棵蒼天大樹的命運
會和一個人的屁眼
聯繫在一起

Sarah，Ean的屁眼還好麼？

Sarah 和 Ean都是我的朋友

Ean給一個樂隊彈吉他，在酒吧做酒保

Sarah在咖啡館工作

他們是一對兒

他們總在一起做愛

前一段時間

Ean在Facebook上說他拉肚子了

第二天

我在咖啡館見到Sarah

我直接問

Sarah，Ean的屁眼還好麼？

Sarah說

你是要美式咖啡還是滴濾咖啡？

我是一片希望被人崇拜的廁紙

我是一片希望被人崇拜的廁紙
我的一家人都曾經住在某個大作家的衛生間裡
其他人都被水沖掉了
只有我躲進了他屁眼裡較深的地方
才得以倖存
我躲過了無數次的重度擦拭
我躲過了無數次的淋浴
我甚至躲過了一次肛門內窺鏡手術
我在這位大作家的屁眼裡住了幾十年
一直到他去世
我被他的屍體帶進了墳墓
這次
我沒有躲過那些虛假的眼淚

裸模入門

我看了學生們的作品
有的人把我畫胖了
有的人把我畫瘦了
有的人把我畫軟了
軟的就像
一杯酒一樣

也許
這就是我喝酒的原因

一首和牛排有關的詩

我開車的時候

看到擋風玻璃上有一塊牛排

一塊比我的臉還大的牛排

我看了看四周

身邊沒有美洲獅

也沒有鹿

我看了看手中握著的方向盤

感覺這皮套下面的金屬裡藏著千萬把餐刀

我打開廣播

廣播裡傳來美國總統川普先生的聲音

川普先生也喜歡吃牛排

他喜歡吃全熟的

他喜歡吃牛排的時候沾番茄醬

我想到這裡

情不自禁的放了一個屁

老乾媽味兒的

直接就把擋風玻璃上的牛排

給吹沒了

大象的體重秤

曾經有一個拼命想減肥的胖子

他每天都要稱體重

每次上秤前都會先拉一泡屎

這樣他就會讓自己好受些

神知道了這件事

把他變成了一頭大象

這頭大象來到了非洲

看到滿地都是大象

還有大象的屎

卻找不到一個體重秤

他生氣的抱怨道

「沒有體重秤，我還怎麼活？」

地球聽到這句話

拼了命的抖了幾下

這就是地震形成的原因

一首和坦克有關的詩

有一次，老師在課上讓我回答問題
我告訴他不知道，因為我沒有聽課
老師問我為什麼
我說因為我不喜歡這門課
老師說如果你學習的話你就會喜歡的
你就能回答我剛才問你的問題
我反問老師
你會開坦克嗎
他說不會
我問他為什麼
他說他不喜歡
我告訴他如果你學習了你就會喜歡的
你就可以開坦克了

盲人按摩師

店裡來了一個

胖胖的客人

熟客

之前來過

辦的有卡

他熟練的鋪好床

客人躺下

從對方的肌肉緊緻程度來看

身上沒什麼勞損

就像大多數其他客人一樣

他開始叨嘮

客人開始接話

他不停地叨嘮

客人不停地接話

最後

客人告訴他

不好意思

我想睡會兒

他便閉嘴了

過了一會兒

他彎下腰

拿出一個布口袋

口袋裡有一條眼鏡蛇

很毒很毒的那種

他把冰涼的蛇

倒在客人溫暖的背上

笑了一聲

出去了

把門反鎖上

掛上牌子

「今天暫停營業」

一根晾衣繩

一根晾衣繩

起床後

我很自然的去院子裡

洗漱

我拿毛巾

擦了把臉

接著放到水盆中

涮了幾下

擰乾

掛在

院子裡面的

晾衣繩上

我出門回來

準備

洗把臉

再回屋睡覺

我看到

我的毛巾旁邊

掛著一條

粉色的

女式內褲

我沒見過你

但是

你讓這天氣

更熱了

第三輯　我是一片希望被人崇拜的廁紙

燙

我發現
對面小區門口的
那對兒夫婦
從不戴手套

他們在賣煎餅
他們竟然不怕燙

我試了一下
差點燙死我
我好羨慕邱少雲
儘管他已經死了

後來
我夢見
那對賣煎餅的夫婦
上了我們的教科書

編按：邱少雲（1926-1952），
韓戰中陣亡的中共軍
人。傳說戰時美軍發射
燃燒彈，火勢燒到他的
身上，為了不暴露部隊
地點，忍受劇痛而死。

背誦

我曾經能背誦很多詩

很多好詩

與很多

不那麼好

的詩

後來

我一首也不會背了

可能是

因為

別人的詩太貴

而我寫的詩

又

太多

冠軍的生意

他興奮地說
你知道嗎
用巴拿馬瑰夏做的義式
和牛奶混在一起
有抹茶的味道

我說
那還要抹茶拿鐵做什麼

他想了會兒
說
做生意

長大

很久很久以前
我很討厭我爸爸的一個朋友
只因為
他曾經問我
你們班主任的咪咪大不大

我昨天又見他了
我已經不討厭他了
他一點也沒變
只是
我
長大了
並且
當上了班主任

琥珀

咖啡上的油脂
和琥珀
的顏色
簡直一模一樣

所以
我
嗖的一聲
就吸進肚子裡了

我買不起琥珀
但我能買得起咖啡

但是
我害怕
如果
有一天

我雖然買得起琥珀
但我卻失去了
嗖的一聲
把它吸進肚子裡
的勇氣

我差點在迪歐咖啡吃牛排

我拿了一張卡

忐忑不安的走進迪歐咖啡

我擔心我會一不小心

點一份我明知道會很難吃的牛排

並吃的很香

我當時想的就是

即使我喜歡吃

我也不太想讓別人知道這件事

幸運的是

我的這張卡不是儲值卡

而是打折卡

我需要掏錢才能吃到這份難吃的牛排

我長出一口氣

快步走出門

然後去吃了沙縣小吃

並在腦海裡

滴了幾滴牛的眼淚

第三輯　我是一片希望被人崇拜的廁紙

無題

腿上被蚊子
咬了一個包
抹了點清涼油
懶得立刻洗手
畢竟
馬上還要撒尿

於是
森林的火
就被
夏天
澆滅了

蜘蛛

它差點落在了
我的老二上面
要不是因為我尿的快
它就會把自己的命丟掉

它爬進了小便池
我並沒有放水沖掉它
它也有家
它也有老婆孩子
或者是基友什麼的
它也許也曾對著自己的子女說過
如果哪天我被人類拍死了
可以哭泣但是不要悲傷
這樣的蠢話
今天遇到我
它真的是個幸運的傢伙

我水喝多了
又上了趟廁所
哎呀　我操
我這次沒有放過它

我是一片希望被人崇拜的廁紙

吃辣

無論發生過什麼

都要吃辣

必須讓火焰

從嘴

到心

再到肛門

一直燒下去

直至

點燃廁紙

灼傷指尖

在火災中

菊花叢的燃燒

一點也不比這個世界

從容多少

西遊記宮

我夢裡的地方叫西遊記宮
座落在這個城市北郊的公園內
裡面的孫猴子
眼睛比電燈泡都要亮
裡面的蜘蛛精
比三級片裡的女郎還要浪
我閉著眼跑過十八層地獄
手裡還握著五塊錢的票根

我在不捨中醒來
尿得和孫猴子的毛一樣黃

吃餃子

我推門進屋
脫掉汗濕透的衣裳
直奔餐廳

在餐桌前
我用我的吧唧聲
化餐盤為道場
召喚著我胃酸中的食神

大概十幾分鐘前
有位父親
在鍋邊
將韭菜餡的大好河山
推進滾滾沸水

我的王國在飽嗝聲中崛起了

關於瘦

他們聽說

瘦代表美

瘦代表健康

瘦還能代表可以用左手摸肚臍的方式

去對他人

比出那根無形的中指

無論是胖成企鵝蛋

還是瘦成鵪鶉蛋

都阻擋不了我那本屬於鯨魚的勇氣

去與這個世界

平行

一首關於命運的詩

草地上有條被鷹掉落下的蛇

獵人看見了它

搖搖頭走了

女人看見它

驚叫著逃走了

我看見了它

好奇的走近

撿了起來

唉喲媽呀

我被咬死了

有人放屁

我小學的時候
有一個女同桌
每次我上課放屁
她都會舉手報告老師

後來我長大了
當了老師
每次看見學生上課舉手
第一反應
從來都是
有人放屁

時空的尖頂

當鋒利
達到一種極限的時候
零就產生了

當零
達到一種極限的時候
時空就產生了

在時空的預產期到來之前
我偷偷塞給護士一張紙條
告訴她在時空的第一聲啼哭過後
大聲的唸給他聽
對著他唸上九九八十一遍

紙條的內容是
不許貪杯
不許散場

沒想到的是
這個糟糕的護士
竟然把時空給報錯了

我把一個人帶回家了！

我是一片希望被人崇拜的廁紙

初來乍到的小貓

到了豬圈入住之後
它在前臺交了押金

押金有兩種
一種是人民幣100塊
還有一種是被摸頭100下

它選擇了第二種

摸它頭的是一頭豬
又疼又爽

豬想聞聞它的頭髮
它想聞聞錢

難道不是嗎？

不要問我明天會怎樣
或者還會不會愛你
這樣的傻問題

明天是什麼啊
明天根本就不存在
沒準明天我就死了
那樣的話
你難道還會指望一具屍體
像今天一樣
為你著迷嗎
你一定會被嚇壞的
難道不是嗎

我是一片希望被人崇拜的廁紙

屠貓術

我熟練的掌握了馬列主義

並運用它策反了我養的兩條魚

讓它們自相殘殺

成為兩具魚骨

終於

我用魚骨嗆死了

那隻衝著我女朋友照片手淫的大肥貓

喵嗚

噁心

我
偷偷地
將一根陰毛
夾在書裡
然後放回書架

我想
噁心的人
自然會翻到

噓　有奇蹟

一個美豔如錢的姑娘
在舞池裡
把屁股扭成了史詩

她那掛著金鏈子的男伴
用粗壯的手臂挽著
他那拆遷得來的驕傲

也許我不該被吸引
也許我不該獨享寂寞
不過
噓
有奇蹟

知音

我的一位哲學家朋友
把我的詩集
寄給他以前在紐約的室友
過了幾個月
那個紐約的朋友告訴他
他總是習慣於把我的詩集
和William Blake的詩集
擺在一起
就像是在老虎面前
擺了一盤肉

這個陌生人的話讓我很感動
這讓我不得不
理所當然的
繼續發胖

我是一片希望被人崇拜的廁紙

黃燜雞配米飯

我們不認識

但是我們坐在同一張桌上

而且都點了黃燜雞配米飯

我點的是大份

他點的是小份

我把骨頭吐到旁邊的垃圾桶裡

他把骨頭吐到碟子上

他給我倒了杯水

我謝了謝他

尋思著給他也倒杯水

可是他的杯子

從沒空著過

我們不認識

我是一片希望被人崇拜的廁紙

第四輯

你　需要爬上 一棵 **很高**的 **樹**，

才能　成為　一朵**花**

咖啡豆的起義
——送給Adolf Eichmann

昨天的我把你從大樹母親那裡摘下

把你水洗

日曬

再放入那滾燙的口中

烘焙

磨碎

萃取

直到連你母親都認不出來你的屍體

今天的你用泥水和海拔將我困住

把我送到埃塞俄比亞

你叫嚷

我沉默

我們都曾努力工作

僅此而已

注：Adolf Eichmann是二戰時期的納粹高官，曾參與設計了運輸和屠殺
猶太人的大部分方案。

我是一片希望被人崇拜的廁紙

血紅的金黃
──為了寧波動物園的老虎而作

我剛才在我的手機上
看到一片金黃
看到一片血紅的金黃

一個受圍牆所指引的人
妄想以免費的形式
觸摸這片金黃
從而縱身一躍

金黃有生命
愚蠢無極限
可是親愛的朋友們
讓金黃流血
難道也是自然的罪過嗎？

2017年1月20日

整片草原馬上就要被蒙著雙眼的狂豬們佔領了

人們為了健康

扔掉了家裡的屠刀

排起隊

集體吃素

讀《我的奮鬥》

也許我的頭腦裡還有一個頭腦
但它不會延長我的生命
白色還在那裡
和灰塵一樣閃亮

你需要爬上一棵很高的樹，才能成為一朵花

你的後代們普遍承認你是叛徒

很少有人承認你是猴子

他們解釋不了你爬樹的本領

但是把你爬樹的緣由

解釋得比你自己還要清楚

他們說你爬得很高

他們說你摔得很慘

而我理解的卻是

你們眼裡的畏罪自殺的叛徒

怎麼在我眼裡

那麼像是一朵剛開的花

禪與肛塞的藝術

在美國
很多州都通過了
允許校園內持槍的法案

在我看來
在校園內持槍
和把漢堡包塞進自己屁眼裡
這兩種行為
沒有什麼太大區別

當然
美國憲法裡給了民眾持槍的自由
但是沒有給民眾把漢堡包塞進屁眼裡的自由
這個世界上
靶場和肛塞
都是同時存在而不互相矛盾的
但是矛盾的是

這個世界對你來講

到底是一個靶場

還是一個肛塞

我是一片希望被人崇拜的廁紙

真的死亡

就是

經過農場

經過河流

經過打野炮的情侶

經過響尾蛇

經過「讓美國再次偉大的」標語牌

經過一隻死去的狗

而不去撫摸

禪與拒絕炸彈的藝術
——致Willam Powell

炸彈存在的意義

其實早已在它被點燃前

被傻逼們給炸毀了

你，一個十九歲的，過於正常的年輕人

寫了一本離炸彈很近

但是離傻逼更近的書

不過我好奇的是

當你在寫那本書的時候

難道沒有聽到

福音歌曲中

傳來的磨刀聲嗎

注：William Powell，作家。著作有《無政府主義者的烹飪書》（*THE ANARCHIST COOKBOOK*），書中有很多製作炸彈、毒品的配方，曾因影響不少暴力事件而飽受爭議。

我是一片希望被人崇拜的廁紙

禪與鯨落的藝術

他去世後

骨灰撒入大海

被一頭鯨魚吞掉了

在海底世界裡

由於這頭鯨魚

見證了一件

別的海洋生物不願見證的事

因此坐了海牢

還得了獎

後來

這頭鯨魚病死了

它的屍體滋養了大海裡的生物

也同時滋養了他們的大腦

從此以後

漁業變得艱難

注：本詩曾以「日月鳥」為筆名發表，收錄於孟浪主編《同時代人》
（2018.02，海浪文化）。

第四輯　你需要爬上一棵很高的樹，才能成為一朵花

他得了一個A

他沒在課上舉過手
他在那門課上得了A

他從沒和班上同學交流過
他在那門課上得了A

他不知道應不應該相信進化論
他在生物課上得了A

他從沒自願買過一本詩集
他在詩歌課上得了A

他不能解釋什麼是通貨膨脹
他在經濟學課上得了A

他不知道政治是門科學
他在政治課上得了A

他得了Ａ

他得了Ａ

他從沒曠過課

他上過的課　全都得了Ａ

沒人知道他喜歡什麼

沒人知道他想要什麼

他的一切都是Ａ

或許

他此時正在Ａ裡

得到更多的Ａ

第四輯　你需要爬上一棵很高的樹，才能成為一朵花

週日上午的松鼠

草地上的松鼠

習慣用人類祈禱的姿勢進食

在從樹上下來之前

綠地把牠的警覺轉化為恬靜

進食完畢後

慵懶的天氣使牠的步伐變慢

最終

牠被一輛前往教堂的汽車

虔誠的壓過

你也會好奇
——送給Edward Snowden

三月的春雪是一張快到期的購物券

對於剛填滿冰櫃的你來講

這免費的速凍食品

不要也罷

鳥類也會貪污

兔猻也會反腐

甚至連雲朵

也難逃醜聞

你也會好奇

正如我也會呼吸

認同

當飢餓來臨的時候
胃就是自然的認同
沒有了胃
飢餓也不會存在
沒有了自然
胃也不會存在

自然創造了胃
並讓他去學會尋找飢餓
並忍受飢餓

尋找認同就是違背認同
因為自然不需要我們去認同

自然只會注視
注視就是認同

恐龍們和很多個王朝們都被自然看煩了
所以就都消失了

就是這樣
還能怎樣

轉世

馬克思們命令他
必須轉世

無論是轉世成蒼蠅
還是猩猩
都會被科學家們
賦予
神的意義

在通往不朽的路上
沒有一頭惡狼
會被神的車輛
壓過肚腸和腦漿

他從此不得不
勇敢的苟且他的一生

火
——送給廈門的老麥叔

聽說杜拜的一棟摩天樓著火了

傷亡不明

我也懶得關注了

畢竟

樓上的火

肯定沒有

天上的火

更不像災難

爆發中的城市

大樓是最好的春藥

藥勁兒還沒過之前

最好別離敞開的窗戶太近

磨腳石之歌

有這麼一塊石頭
它從上古而來
要往混沌中去

它滑過山洪
也游過海嘯

它被捲進過颱風
也被扔進過動物的內臟裡
教育
成長

但是這麼多的經歷過後
它依然平凡
就像是什麼也沒經歷過那樣

從來沒有人說它像什麼
也沒有人把它高價買下
去掛到某個姑娘的脖子上

它越來越小
被風隨意的颳到了街上
鑽進了某個倒楣蛋的鞋子裡

那個倒楣蛋是位搖滾歌手
他習慣在臺上表現痛苦
當腳被磨出血的時候
石頭在血液裡重生
對方的痛苦
終於使它
與生命相連

石頭也想唱歌
就像
天上的星星那樣

密歇根

美國的密歇根州

前幾年出臺了「禁止雞姦」的法律法規

我不知道他們如何實施這條法規

會不會有警察

把你叫到一邊

脫掉你的褲子並查看你的屁眼

如果你長了一個相對比較寬鬆的屁眼

或者是剛好腹瀉的話

哪怕你是直的

估計都很難說清楚

我想到這裡

覺得自己很幸運

不僅是因為我一向腸胃不好

更是因為

我在美國待了那麼久

卻從來沒去過密歇根州

*編按：密歇根，即Michigan，台灣譯作「密西根」。

我是一片希望被人崇拜的廁紙

沙漠之春
——送給鄭州城市之光書店

火車轟鳴修路不停的中原
上面黃沙一片
等待重生的綠城
臨終卻無言

你的知識浩瀚
你的良知洶湧
你用裸身的權利
來點綴荒原

請允許我妄下結論
但是某種意義上來講
一個人的自由
真的取決於他有沒有讀過漢娜阿倫特

公民與豬腳
——送給廈門的公民豬腳店

豬腳中富含豐富的膠原蛋白

還能去楣運

與書籍作用相同

我在書架前

找到了

「公民」二字

堅硬無比

猶如豬毛

你我赤足入甕

卻沸騰如初

大學

我問她

存錢罐存了多少錢

她說

她存了五十多塊了

我又問

你存錢幹嘛　要買新玩具嗎

她說

她要給自己的孩子存錢讓她上大學

我問她

你的孩子呢

她說存一半就該有孩子了

再存一半孩子就該上大學了

那你孩子上完大學呢

那該輪到他給自己的孩子存錢上大學了

愛

他被一只無形的球砸到後
開始昏睡
被愛叫醒的他
全世界都成了他的情敵

為了怕別人偷看到
他幸福的愛情生活
他用盡畢生精力
建立起一道
比高度更高
比寬度更寬
的牆

他不是建築工人
他是一個害羞的色情演員

列車與彈弓

「就像當初姑娘生了我們，我們沒有說願意。」

——崔健

我誕生在一輛穿著牛仔褲的高速列車上
這輛列車曾經換過好多種顏色
長輩告訴我
它真正的顏色是軍綠色
我不信
因為我看到的列車上面披著藍色的外套
我以為它的顏色和它的外套一模一樣

慢慢地
我開始發現
這件外套已經開始破舊了
透過牛仔布的窟窿
可以清清楚楚的看到裡面的綠漆

由於久不見光

列車上的綠漆依然泛著亮光

就像是鬼火一樣

有一天

列車突然開始倒車

越倒越遠

在倒車的路上

我看到了許多奇妙的景象

有被煙嗆著的魯迅

有剛欠了錢的慈禧太后

還有玩群P的商紂王

最後列車停了下來

我走了出去

看到一群原始人騎著恐龍向我衝來

我回頭又看了眼這輛迴光返綠的列車

並默默的祈禱

它變回作為彈弓的那一面

死貓

也許上帝也是愛貓的
用淚水將牠的屍體淹沒
並期望牠
能夠像那些牠曾經吃掉的魚一樣
在車來車往的馬路上
翻江倒海

雨已經停了
有的人依然在打傘
有的人依然在排隊去剔牙

我是一片希望被人崇拜的廁紙

第五輯

禪 與傳播裸照的藝術

出軌攻略

美的人都覺得你美

正如醜的人都覺得你醜

據我所知

看到你有生理反應的人

往往要比看到你沒有生理反應的人要多

也許衛道士們不會理解你

就像我不理解我在動物園裡看到的那隻

對著遊客手淫的猴王

你我之間的祕密

其實就像是

你我腳下的這片土地一樣神祕

只是

被一陣風吹過的土地

和被許多陣風吹過的土地

真的有區別嗎？

我是一片希望被人崇拜的廁紙

有一間屬於素食主義者的脫衣舞酒吧

有一間屬於素食主義者的脫衣舞酒吧
座落在我們的餐桌上

它可以是咖喱味兒的
也可以是椰子味兒的
和所有的傳統一樣

我們暴食
我們細品
你可知道
所有真誠的肉體
都將成為明天的盛宴

在床上用手機看A片

我在我的枕頭上

看見了戰場

戰場上的戰士們

在用意念

操控著我的手指

我點誰

他們就殺誰

殺到洪波湧起

殺到春暖花開

我的汗水太多

我的床卻太小

在床單的一再激勵下

我終於看到了枕頭的心臟

我不敢相信我的一個意淫對象支持Trump

我有一個意淫對象

她特別美

特別特別美

她有兩條大長腿

特別長

全世界最美的腿

聽我說的沒錯

她的腿是世界上最美的

我今天早上因為她擼了一管

我等會兒還要再擼一管

因為

她的腿是世界上最美的

醉屌之王

對於一些人來講

酒的禪意

在於

它總是可以讓那些自以為

永遠會高昂的頭顱

在遇見盛開的你時

保持那本屬於佛祖的

四大皆空

禪與成人網站上的分享鍵

有這麼一個小東西
總是比清晨
起得更早

床單和被褥
是它的世界觀
屏幕和幻想
是它的圖書館

飛吧，我的拿破崙
去用你的真誠和你的道德
佔領那些暫時空閒的土地
不過，請你記住
無論戰果如何
都不要隨便給冰山後面的石頭
起那些連你都聽不懂的名字

禪與傳播裸照的藝術

沒人能夠審查你的想像
只是
你的下一次濕潤
和我的上一次炫耀
之間的關係
其實並不能
讓任何一個
合葬的永恆真愛
抱得更緊

一個隱喻

我問你
你平時擦屁股都習慣將廁紙折三次
但是昨晚七點鐘的時候
你只折了兩次
你為什麼要這樣？

我覺得現在的你
不乾淨

禪與拒絕開放婚姻的藝術

大家好

這是我的妻子

×××

我的哥們

×××

會是那個今晚幹她的人

他們的狗

將會觀戰

我不會在場

我的狗也不會

當然

我也沒有狗

禪與做愛中偷偷把安全套摘掉的藝術

你只敢在她背對著你

或者閉上眼睛

才有膽量去無恥

你摘心的速度比

摘套的速度

還要快

你真行

但我不會恭喜你在成為王八蛋的路上

暫時領先

禪與抵制抄襲的藝術

他的面前有一個熱氣騰騰的火鍋

鍋裡燉著小說，戲劇還有詩歌

有里爾克，有布考斯基，還有安妮寶貝

有的需要燉很久

有的一燙就熟

這個火鍋給了他無窮的性慾

沒過一會兒

一個餓壞了的姑娘就被他的火鍋吸引了過來

可惜的是，這個姑娘的陰道又緊又乾

像是性慾裡的戈壁灘

他想盡一切辦法

都無法順利插入

這個時候

有一個有錢人教給他了一個偏方

就是用別的男人射出的精液，塗在自己的龜頭上

可以解決在性交時潤滑的問題

他聽從了這個有錢人的建議

並讓他最喜歡的詩人——布考斯基

給他寄了一大瓶精液

他為此付出了一箱好酒和五毛錢郵費

他成功了

布考斯基的精液讓他順利的抵達了這個女孩的花心

並給了這個女孩

一種——這個男人也許就是真愛

的錯覺

他痛快的射了

然後開始厭倦他面前的這位

體內充滿了布考斯基的精液

還有一點點他的精液的姑娘

他開始感到空虛

這種空虛使他憤怒無比

並一腳踢翻了他面前的

那個還在沸騰的火鍋

就像是踢翻了一座差點燃燒的冰山

美人的腿

我必須
繼續攀登
繼續攀登
繼續攀登
在山頂的那棵桃樹下
既沒有野草
也沒有除草劑

我是一片希望被人崇拜的廁紙

房租到期後

她告訴我說

如果你房租到期後

你沒有地方住的話

我家有間客房可以供你借住幾週

我問她

你家有WiFi嗎

我有看毛片的習慣

她說你可以用我的WiFi看毛片

只是你手淫的時候

儘量別射到我的毯子上

還有啊

我家有兩隻狗

請你不要當著他們的面看毛片

因為他倆是同性戀

詩歌就是被頭腦碾死的貓

我頭腦中的貓

正在被

所有它仰慕的詩人

同時撫摸

它留指甲的速度

比大陸漂移漂移的速度

稍微快了一點

當然它的指甲會互相擠壓

就像世界上所有的雞巴

和逼

一首和雞巴有關的詩

我很少給朋友送生日禮物

甚至連詩都很少送

前幾天是我的朋友Kenzi的生日

她說她想讓我給她寫一首和雞巴有關的詩

我以前寫過不少和雞巴有關的詩

但是沒有一首是關於她的

下面聽好了

這是一首為她量身定做的詩

這首詩不夠多汁

這首詩不夠多毛

這首詩不夠堅挺

可悲的是

這首詩的尺寸也不大

比一個古董振動棒

還要小

我現在有點後悔

在寫這首詩之前喝的那杯IPA

我不應該只喝一杯
今天酒吧搞活動
我應該喝兩杯
至少

我是一片希望被人崇拜的廁紙

不完美的咖啡嚐起來像妓女的嘴唇

杯子漂亮

也無妨

果酸突出

層次豐富

但是

對不起

昨夜的回甘

讓今天的完美苦澀

我吻了她

她沒有拒絕

也沒有臉紅

一切都是理所當然

不過

就在兩個鐘頭前

她喉嚨裡還有別人的精液

她也沒覺得我噁心

我也一樣

她救過許多人
我也救過許多她
我們比骯髒更純潔
我又點了一杯不完美的咖啡
她又吻了一位不愛她的男人
我們只是這個美麗世界裡
兩個太不無聊的人

我是一片希望被人崇拜的廁紙

塞納河畔的貓

目前為止

我從沒去過巴黎

聽說你要去

於是就冒出這麼幾句話想告訴你

聽說巴黎很髒

那很好

越髒越性感

我要和你在巴黎最髒的閣樓上做愛

我要讓塞納河畔的貓都聽到你的叫床聲

要知道

男人總是在射完的那一刻

最接近聖人

背

它真的不像是一塊岩石
更不足以用來躲避秋天
或者回饋明天
它長了雙也許只有我自己才能看見的眼睛
盯著我
讓我不得不得在夢中失眠

我從你的背中醒來
我把內褲扔進水池
洗淨　　晾乾　　開悟

在太空漫遊時勃起

多看看天

因為生命只是烏有

多看看地

因為腳下即是無限

黑牆之外

洪波湧起

白床之上

一片狼藉

我被無名的行星所吸引

並為之縱身一躍

我是一片希望被人崇拜的廁紙

第六輯

我 不 能 在 離去 前
忘 記 撫摸 那隻 貓

勞倫斯

那個離我心很近的地方
總會時不時的傳來
一陣青檸的味道

在某個涼夏的夜晚
我曾在那裡
被威廉巴勒斯的鬼魂所召喚
在旋轉的火焰山上
尋找那些或許會點亮我的寒冰

那裡離海很遠
離浪又很近
我在尋鷹途中
從未放棄過
那些可以讓
我果斷迷路的
權利

最後一筆學費

青春從蒼老中破殼

順著我的小腿

滑進我的大腿內側

摩擦出了

許多證書

和彩虹

我的腦海裡全是女孩的秀髮

我的手掌上全是未完的詩篇

遺憾的是

在告別你之前

我真的不一定能看完

我書架上的書

和我電腦上的A片

越南麵

廚師在唱歌
唱著好聽的歌
唱著我聽不懂的歌
我聽不懂他的歌聲
但我能聽懂我的這碗麵
這碗麵裡沒有三月
就像三月裡
也不會有這碗麵一樣

一個餐館的百年孤獨
——獻給Hays House Restaurant

一份炸雞排
還有一份牛肉三明治
在我的胃裡
建起了一座寶塔

儘管它是由屍體建成的
但是它真的不是一座
死亡之塔
它雖離死亡很近
但近不過它與音樂的距離

面對這座寶塔
我不想感謝上帝
我只想感謝你
儘管這點感恩
一點都不比
這百年來用壞的菜刀們
偉大到哪兒去

時間

有些時候

我會哭得莫名其妙

在布魯克林大橋上

每年都有無數隻老鼠

活不過那座橋

我是一片希望被人崇拜的廁紙

有些時候

我會醉得莫名其妙

在飯店大廳的天花板上

總有個騎白馬的騎士

盯著我盤裡的菜肴

有些時候

我會笑得莫名其妙

公斑馬搞母毛驢這種事兒

在不少動物園裡

都出現過不止一次

有些時候

我可能也會愛得莫名其妙

我心動的聲音

和吃蝦的聲音

其實非常接近

紀念Chuck Berry

相信我
即使是最淺薄的鴨子
在最正確的歷史舞臺前
也有機會
發出那股最絕望的閃電
這不
這股閃電已經擊中了這裡
還有那裡
不僅如此
它一定還會擊中
那些在未來出現的
這裡
還有那裡

我曾有一個這樣的朋友

我曾有一個這樣的朋友
他的額頭上長了一顆星球
他用雙眼在星球上播種
不種莊稼
只種翅膀

後來他走了
他的星球需要他去收穫
那裡的一切都有翅膀
一切都有沙土
一切都有宇宙
一切都有你

Rick的Tinder帳號

Rick是我的一個朋友
單親爸爸
熱愛單車和啤酒
開著一間酒吧

我是一片希望被人崇拜的廁紙

Rick渴望約會
他的手機上有全世界所有的交友軟體
包括Tinder
他在上面給所有姑娘都點讚

有一次
我在他的酒吧表演單口喜劇的時候
我說
「如果你也用Tinder的話，如果你還沒有受到Rick點
　讚，那麼就說明你這輩子別想打炮了」
所有人都笑了
尤其是Rick的女兒

她差點笑岔氣兒

Rick的女兒不需要用Tinder

但是別人家的女兒就未必了

我不能在離去之前忘記撫摸那隻貓
──送給Raven書店

我用了本可以寫一首詩的時間

挑了一本書

Donald Hall的選集

然後結帳

我問店員貓去哪兒了

她說藏起來了

我告訴她

我不能在離去之前忘記撫摸那隻貓

這是我從你賣給我的書裡學到的

後來我在櫃檯下面找到了這隻貓

我摸牠的時候

牠閉著眼睛

像是在面對一個沒有文化的人

我想

這也許就是他們在書店裡養貓的緣故

Eric Murphy的Instagram帳號幫我省了五美金

我的朋友Eric搬到丹佛去了

我馬上要回中國

下次再見不知道該是什麼時候了

上次我和Eric見面

他對我說的最後一句話是

他堅信我們會再次見面

而且是必須再次見面

我也這麼認為

我們會在每一間大麻店見面

我們會在每一間精釀酒廠見面

我們會在每一張Neil Young的專輯裡見面

後來

我到Lawrence的一家酒吧看我的朋友的樂隊演出

門票是五美金

當我正準備付費的時候

酒吧的經理看到我

說你是Eric的朋友吧

我總在他的Instagram上看到你

你的票我免了

他告訴我 他為Eric搬到Denver感到開心

他認為像Eric這樣有才華的音樂人應該到更大的地方發展

第二天

我到了Decade

一個我和Eric總去的咖啡館

我打開錢包

看到裡面有一張五美金紙幣

我覺得我和Eric又見面了

我是一片希望被人崇拜的廁紙

我訂好了機票

我訂好了機票
我掉了幾滴淚
我將要賣掉我的單車
我將要熄滅一些火焰

我認識一些人
他們知道我的名字
我訂好了機票
我掉了幾滴淚

我寫過一些詩
但是我講過的笑話更多
我騎過一些石子路
我記得幾個名字

我訂好了機票
我掉了幾滴淚

我將要去參加一個新的聚會
他們將會知道我的名字

我是一片希望被人崇拜的廁紙

惡龍與深淵
——獻給翻譯家孫仲旭

我今天早上開車壓死了一隻松鼠

牠被我壓死前一定很可愛

就像我壓死牠之前一樣

有一條巨大的惡龍

躲在大部分人都看不見的深淵之中

牠盯著我們所有人

但是

我們只有一小部分人

才敢盯著牠看

我們都會被牠吃掉

無人能夠倖免

但是

如果能夠在被吃掉之前

嗑掉牠的幾顆牙齒

疼得它哇哇亂叫

這樣

也很爽

是吧？

我是一片希望被人崇拜的廁紙

送給白樺的詩

我從虛擬的北方而來

帶著藥丸與焦躁

閩南的熱氣

讓我收穫了一身的汗水

與膨脹的奢望

我不想走得太快

但是我走快了

我不想想得太多

但是我多想了

如果你某一天早上

站在鏡子前

發現自己的臉頰

泛紅

發燙

請不要慌張

那只是天平洋對岸

飄過來的一個夢

John

親愛的John

我懷了別人的孩子

我不確定他爸爸是誰

但是我叫他John

親愛的John

別人讓我懷了孩子

他們不知道誰是John

但是我叫他們John

親愛的John

我的爸爸死了

我沒有哭也沒有笑

但是我叫他John

親愛的John

我沒有了孩子

我沒有了愛人

我也沒有了John

親愛的John

我想要個孩子

我也想要個愛人

我更想要個John

親愛的John

請救救我的John

一盤鴨胗

被醃進胃裡的鴨胗

順著雞公山的山泉

緩慢前進

穿越水庫

丘陵

從而變成

鐵路

海鹽

醃製這盤鴨胗的母親

醃完這盤就飄走了

有人心碎

我有腸胃

Kansas

我在離開美國的前一年
在Kansas的碎石路上
騎了幾千英里
每次騎行的時候
路上的塵土
都會落滿我的水壺

我從沒有試圖將壺口的土擦掉
因為我知道
這恐龍的味道
等我離開後
就再也找不到了

生命中的今天

今天
我讀到了一首詩
詩裡講了一個詩人
在路上看到一頭受傷的
而且懷孕的母鹿
為了怕影響交通
而被迫將母鹿
推向懸崖的故事

今天
我看到了一條新聞
新聞裡的人剛剛去世
他和他的父親
為了救一棵著火的樹
被倒下的樹所傷
他死了
他的父親則拒絕治療

今天

我收到了一封郵件

　不是商業廣告

是夢囈般的隻言片語

郵件有兩種

能回和不能回的

當母龍偽裝成城牆

公龍便隨之而來

今天

早已被明天

所燃盡

我是一片希望被人崇拜的廁紙

雨停了
——送給我的姥爺周遠明

這看似與我無關
我只是恰好沒有打傘

我在墓園門口下了車
走上青石臺階
一點也不滑

謝謝你
另外再謝謝
剛才的雨

在巴祖卡的神祕與孤獨

那是這個男人在美國的最後一天。他來到這個他半年前來過的地方。那個他想見的女孩今天不在這裡。他只見過她一次。他記住了她，因為她是在那裡工作的唯一一個沒有試圖去成為一個物件的姑娘。他開始和別的女孩講話，並把兜裡的所有零錢扔到了舞臺。他跟所有工作的女孩都說，這裡對他來講，就像是廟宇一樣。他看了看周圍，旁邊有好幾個教授模樣的人，但是沒有一個在他的祕密名單上面。他臨走前，他向一位和他聊達利的姑娘要了一支舞。當那個女孩騎在他的臉上的時候，他開始想起他聞過的上千個姑娘的頭髮。他告訴那個女孩，他是一個真正的流氓。女孩告訴他，她也一樣。這個時候，他感覺他面前的女孩的屁股就像是那些他騎行時遇到的山坡。他八年半的時光全集中到了那個女孩的屁股上。最後他硬挺挺的站了起來，走出了這個地方，跳上一輛車，就像是他八年前來的時候那樣。

注：巴祖卡為美國Kansas City一脫衣舞俱樂部。

我是一片希望被人崇拜的廁紙

停頓

她走進門
正面對著你
背面對著我
你我都各自停下自己手中的事情
停頓了那麼一下

你我都沒錯
這樣的一次停頓
每一個手勢
都是一首詩

最後一堂詩歌寫作課

今天上午只有一堂課
是詩歌寫作課
本學期的最後一堂課
也許也是我學生生涯中
最後的一堂詩歌寫作課

鬧鐘響了
我卻懶得爬起來
按下鬧鈴
躲著被窩裡
用感激的心
撸上一管
起床
洗臉
刷牙
穿衣
出門

遲到

今天班裡只有我遲到

老師讓每個人都選首詩來念

我拿著手機

搜索了一首韓東的詩

用英文翻譯

磕磕絆絆的朗誦了一遍

然後

提前下課了

出教室門之前

我掃了黑板一眼

上面寫著

今天的作業是

在日後的生活中保持詩意

我記了下來

回到了家

返回被窩

嚎啕大哭

然後

又擼了一管

代後記　一件小事

　　很多人童年時期剛剛學會抓東西的時候，父母都會讓他們去抓一些東西，來判斷他們喜歡什麼。有的人抓到了手槍，有的人抓到了書本，如果有的男孩一不小心抓到了他爸爸的小雞雞，那麼他沒準就是gay了。我，杜鵬，小時候抓到了我媽媽的頭髮。從那以後，我就養成了喜歡摸女孩頭髮的習慣，一直保持至今。

　　我赴美已經一年了，這一年裡我自己也經歷了一些事情，但是很多我記不得了。至於我的英語學習，我認為除了多認識了點諸如masturbation等詞彙，別的幾乎也是一無所獲。唯有前一段時間回國的時候發生的一件小事，一直讓我難忘，並且給予我動力。

　　冉倩是我很好的一個女性朋友。我在國內的時候經常去她男友工作的咖啡館閒逛，冉倩也經常去。有一次我在那和他們聊了很長時間，我當時一直想摸冉倩的頭髮，但是由於她的男友在場，我怕激發矛盾，所以就強忍著自己的欲望。正準備回家的時候。冉倩突然起身對她男友說了聲「我去送送杜鵬」，然後就跟我來到了電梯口。她迅速解開了她原本

紮著的頭髮，跟我說：「杜鵬，我今天剛洗過頭，頭髮手感可好，我剛才注意你一直憋著可難受，我讓你過過癮。」我當時特別的感激，就象徵性的摸了幾下，說了句：「這簡直爽過多重高潮啊」，然後就告別離開了。在電梯裡，我頓時淚如雨下。

我回美國前，專程去冉倩單位給她告了別，還送給了她一個我在西安買的小禮品。臨走前，冉倩的男友來接她。冉倩強烈要求和我合影留念，並且是讓我摸著她的頭髮與我合影。照片是她男友照的，在此我特意向他表示感謝，感謝他的大度。她又一次的送我到了電梯口，我們都已經泣不成聲。

事情已經過去快兩個月了，每當我要求摸姑娘的頭髮而被罵變態的時候，每當我給我喜歡的姑娘留言、打電話而對方從不回覆的時候，我腦海裡面總能浮現出這件小事，指引我繼續杜鵬下去。

2010年8月

我是一片希望被人崇拜的廁紙

語言文學類　PG2072　秀詩人39

我是一片希望被人崇拜的廁紙

作　　　者／杜　鵬
責任編輯／鄭伊庭
圖文排版／周妤靜
封面設計／楊廣榕

發　行　人／宋政坤
法律顧問／毛國樑　律師
出版發行／秀威資訊科技股份有限公司
　　　　　114台北市內湖區瑞光路76巷65號1樓
　　　　　電話：+886-2-2796-3638　傳真：+886-2-2796-1377
　　　　　http://www.showwe.com.tw
劃撥帳號／19563868　戶名：秀威資訊科技股份有限公司
　　　　　讀者服務信箱：service@showwe.com.tw
展售門市／國家書店（松江門市）
　　　　　104台北市中山區松江路209號1樓
　　　　　電話：+886-2-2518-0207　傳真：+886-2-2518-0778
網路訂購／秀威網路書店：https://store.showwe.tw
　　　　　國家網路書店：https://www.govbooks.com.tw

2018年7月　BOD一版
定價：250元
版權所有　翻印必究
本書如有缺頁、破損或裝訂錯誤，請寄回更換

國家圖書館出版品預行編目

我是一片希望被人崇拜的廁紙 / 杜鵬著. -- 一版.
-- 臺北市：秀威資訊科技, 2018.07
面；　公分. -- (語言文學類)
BOD版
ISBN 978-986-326-565-8(平裝)

851.486   107007998

讀 者 回 函 卡

感謝您購買本書，為提升服務品質，請填妥以下資料，將讀者回函卡直接寄
回或傳真本公司，收到您的寶貴意見後，我們會收藏記錄及檢討，謝謝！
如您需要了解本公司最新出版書目、購書優惠或企劃活動，歡迎您上網查詢
或下載相關資料：http:// www.showwe.com.tw

您購買的書名：_____

出生日期：_____年_____月_____日

學歷：□高中 (含) 以下　　□大專　　□研究所 (含) 以上

職業：□製造業　□金融業　□資訊業　□軍警　□傳播業　□自由業
　　　□服務業　□公務員　□教職　　□學生　□家管　　□其它_____

購書地點：□網路書店　□實體書店　□書展　□郵購　□贈閱　□其他

您從何得知本書的消息？

　□網路書店　　□實體書店　□網路搜尋　□電子報　□書訊　□雜誌

　□傳播媒體　　□親友推薦　□網站推薦　□部落格　□其他_____

您對本書的評價：(請填代號　1.非常滿意　2.滿意　3.尚可　4.再改進)

　封面設計____　版面編排____　內容____　文／譯筆____　價格____

讀完書後您覺得：

　□很有收穫　□有收穫　□收穫不多　□沒收穫

對我們的建議：_____

_____

_____

_____

11466
台北市內湖區瑞光路 76 巷 65 號 1 樓

秀威資訊科技股份有限公司　　　收

BOD 數位出版事業部

···

（請沿線對折寄回，謝謝！）

姓　　名：＿＿＿＿＿＿＿＿＿＿　年齡：＿＿＿＿＿　性別：□女　□男

郵遞區號：□□□□□

地　　址：＿＿＿＿＿＿＿＿＿＿＿＿＿＿＿＿＿＿＿＿＿＿＿

聯絡電話：(日) ＿＿＿＿＿＿＿＿＿＿　(夜) ＿＿＿＿＿＿＿＿＿＿

E-mail：＿＿＿＿＿＿＿＿＿＿＿＿＿＿＿＿＿＿＿＿＿＿